D1747617

Wenn wir nicht das Heute als das wertvollste Geschenk begreifen, sind wir noch weit vom Glück entfernt. Roland Leonhardt

Das Wahre suchen und das Reine anstreben, das Schöne und Edle lieben und bewahren, das Gute üben, soviel man kann: in dem allen liegt Zufriedenheit und wahres Glück. J. Lüsen

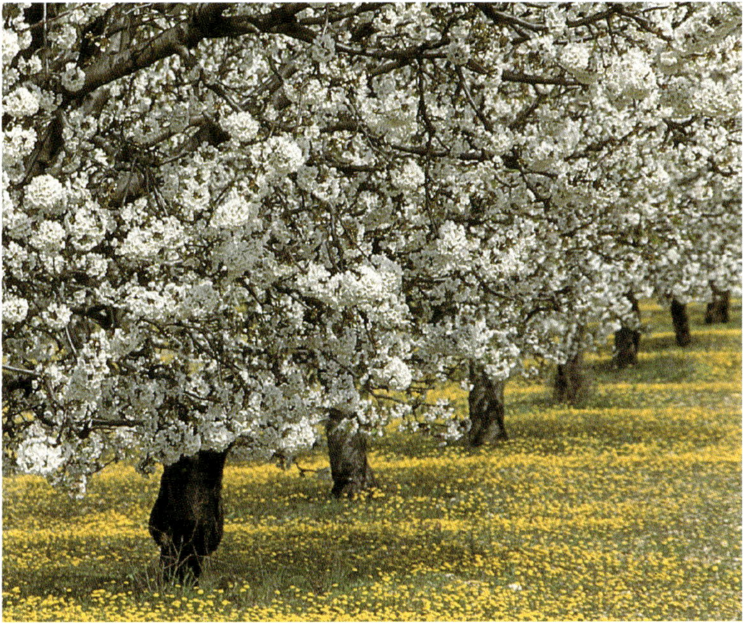

Es ist eine eigene Sache im Leben, daß, wenn man gar nicht an Glück oder Unglück denkt, sondern nur an strenge, sich nicht schonende Pflichterfüllung, das Glück sich von selbst, auch bei entbehrender, mühevoller Lebensweise einstellt.

                                    Wilhelm von Humboldt

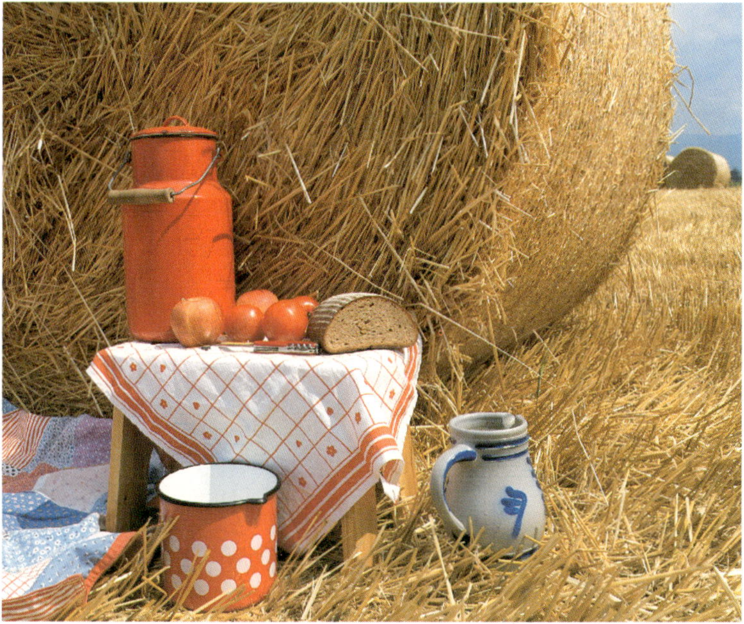

Ich nenne nämlich Glück nur die vollen und überschwenglichen Genüsse, die – um es mit einem Zuge Ihnen darzustellen – in dem erfreulichen Anschaun der moralischen Schönheit unseres eigenen Wesens liegen. Diese Genüsse, die Zufriedenheit unsrer selbst, das Bewußtsein guter Handlungen, das Gefühl unserer durch alle Augenblicke unsers Lebens vielleicht gegen tausend Anfechtungen und Verführungen standhaft behaupteten Würde, sind fähig, unter allen äußern Umständen des Lebens, selbst unter den scheinbar traurigsten, ein sicheres, tiefgefühltes und unzerstörbares Glück zu gründen.   Heinrich von Kleist

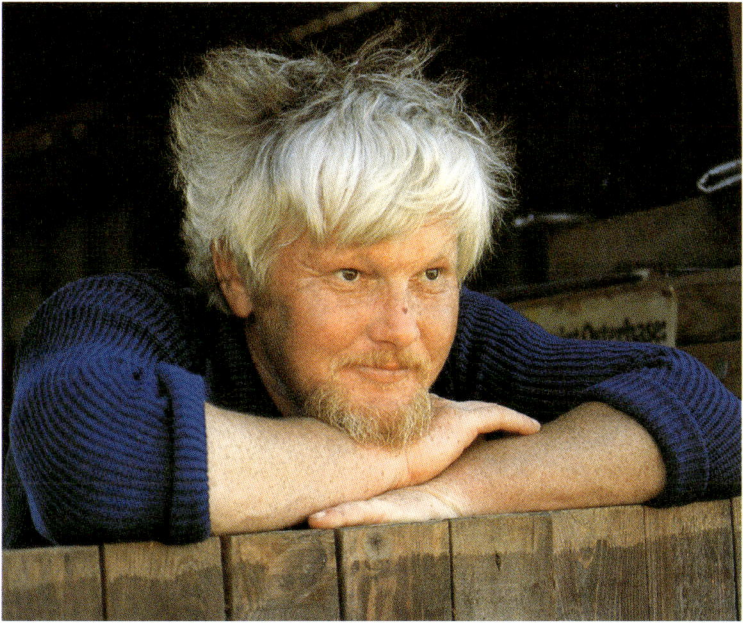

Bedenke, daß die menschlichen Verhältnisse insgesamt unbeständig sind, dann wirst du im Glück nicht zu fröhlich und im Unglück nicht zu traurig sein. Isokrates

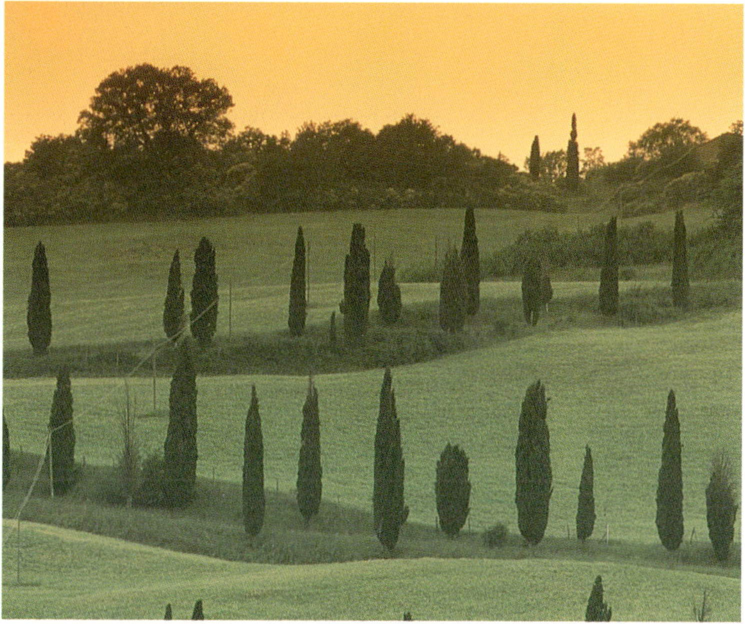

Glück bekommt man oft geschenkt, wenn man sich mit unglücklichen Situationen auseinandersetzt. Roland Leonhardt

Ist doch nichts anderes das höchste Ziel des Bestrebens, wahrhaft gut zu werden, als die Glückseligkeit und dann bis an das Ende glücklich zu sein. Musonius

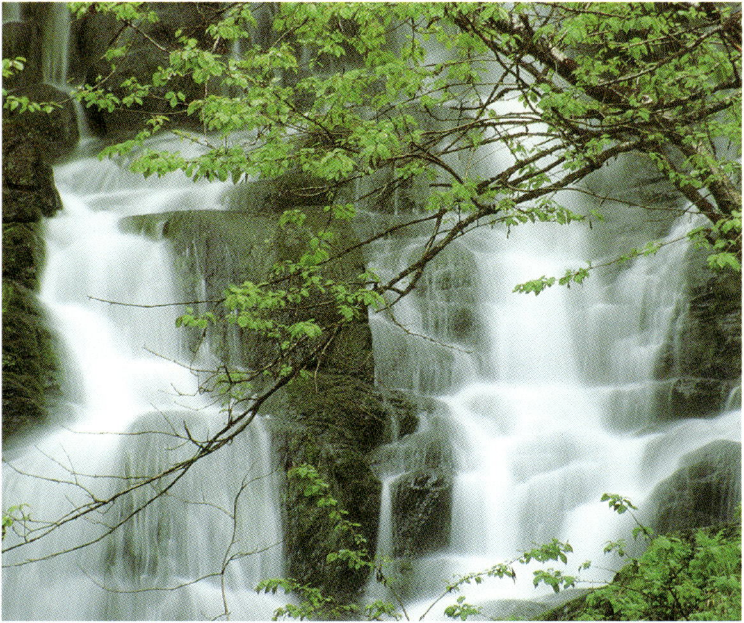

O selig der, dem aus dem Nachklang goldner Tage die Tröstung blühet für die Gegenwart. Friedrich Schiller

Die Zeit ist schnell, noch schneller ist das Schicksal. Wer feig des einen Tages Glück versäumt, er holt's nicht ein, und wenn ihn Blitze trügen. Theodor Körner

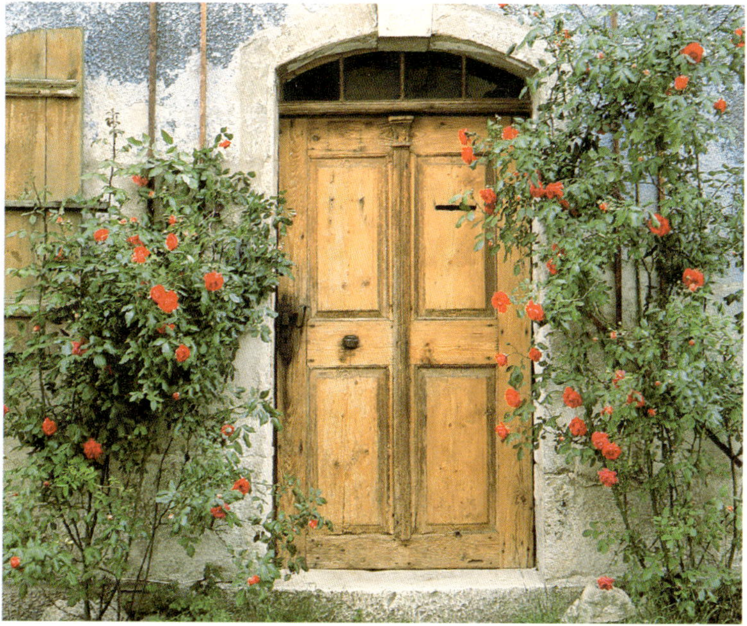

Willst du immer weiter schweifen!
Sieh, das Gute liegt so nah.
Lerne nur das Glück ergreifen:
Denn das Glück ist immer da.

                    Johann Wolfgang von Goethe

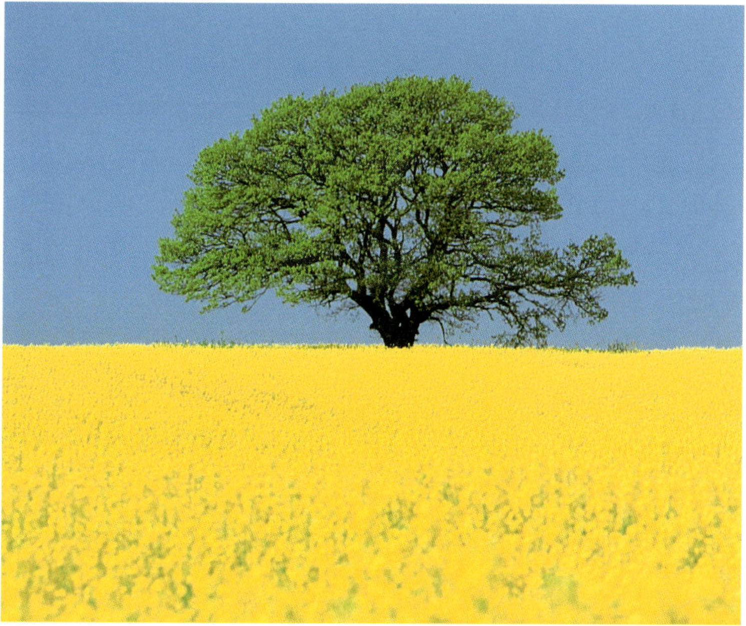

In der Reihe der Mini-Perlen sind lieferbar:

Lebensfreude (92 505)
Lebensglück (92 506)
Lebensweisheit (92 507)
Hoffnung (92 508)
Schönheit der Erde (92 515)
Vom Rhythmus des Lebens (92 519)
Tageszeiten (92 521)
Freude erleben (92 526)
Miteinander – Gedanken der Liebe (92 528)
Sonne im Herzen jeden Tag (92 531)
Hier und Heute (92 532)
Helle Tage der Hoffnung (92 533)
Blicke ins Leben (92 534)
Kleine Sonnenstrahlen (92 537)
Belauschter Tag (92 538)
Gemeinsamkeit (92 544)

Freundschaft ein Geschenk (92 545)
Verträumte Waldesstille (92 546)
Gute Worte zum neuen Lebensjahr (92 552)
Laß die Hoffnung herein · Zur Genesung
(92 553)
Friedensworte für den Tag (92 558)
Verborgenes Licht – Trostworte (92 559)
Kleiner Geburtstagsgruß (92 560)
Licht in Krankheitstagen (92 561)
Zum Geburtstag herzliche Segenswünsche (92 566)
Ein Wort des Trostes (92 567)
Herzlichen Dank (92 570)
Wenn das Glück anklopft (92 571)
Gedanken aus dem Leben (92 572)
Ein jeder Tag voll Sonnenschein (92 573)

Bildnachweis: Umschlagbild: H. Herfort; S. 1, 15: C. Palma; S. 3, 9: N. Kustos; S. 5: W. Matheisl; S. 7: P. Jacobs; S. 11: M. Zimmermann; S. 13: G. Weissing
Textauswahl: Roland Leonhardt

Gesamtherstellung:
St.-Johannis-Druckerei, 77922 Lahr